SUPPLÉMENT

A la Notice historique

SUR

LE TESTAMENT DE LA REINE,

Suivi

D'ANECDOTES INÉDITES,

Et d'un précis historique sur sa prison à la Conciergerie, et sur la Chapelle et le Monument expiatoires qui y ont été élevés.

PARIS,

AUDOT, Libraire, rue des Mathurins-S.-Jacques, N.º 18.

XXI JANVIER 1817.

DERNIER SÉJOUR D'UNE ILLUSTRE VICTIME.

SUPPLÉMENT

A LA NOTICE HISTORIQUE

SUR

LE TESTAMENT DE LA REINE

MARIE-ANTOINETTE.

Tout le monde se rappelle que dans le mois de février 1816, l'autorité parvint à connaître l'existence d'un écrit dans lequel la dernière et la plus infortunée de nos Reines avait, avant de sortir de la Conciergerie, essayé d'adresser des adieux à sa digne sœur, madame Elisabeth. C'est le 12 du même mois que S. Ex. M. le comte de Cazes, ministre de la Police générale, vint faire la lecture de cette pièce précieuse à la Chambre des Députés. Cependant, dès le mois de mars, nous étions parvenus à rassembler à la hâte quelques matériaux pour une notice sur cette pièce dont nous offrîmes en même temps un *fac simile*. Tant d'empressement et de promptitude étaient absolument nécessaires pour satisfaire à la juste impatience du public, mais n'étaient nullement propres à nous sauver de quelques erreurs ou de quelques omissions importantes ; c'est ce que le temps et de nouveaux renseignemens ne tardèrent pas à nous prouver, et c'est ce que nous allons essayer de réparer aujourd'hui.

Courtois avait, par son vote, concouru à la mort de son Roi ; mais il semblerait que son égarement ne s'était pas prolongé, ou qu'il n'avait pu parvenir à se faire remarquer au milieu de la déma-

I

gogie de 93, car son nom ne figure pas parmi ceux qui ont mérité
à cette époque une affreuse illustration. Au contraire, on ne le
voit reparaître qu'après le 9 thermidor, et alors c'était dans un
système opposé qu'il fallait agir; le char de Robespierre était ren-
verés, mais en s'abattant il avait couvert des crimes ou des complices
que l'on voulait connaître, et delà l'influence que reprit Courtois,
aussitôt qu'il fut mis à la tête de la commission chargée de la recherche des papiers du dictateur. Cette dernière dépouille du plus
hideux tyran qui fut jamais, devait contenir bien des horreurs;
mais au milieu de ce fumier, que le génie de la destruction et du
crime avait eu l'infernale puissance de rassembler, se trouvaient des
objets précieux qui sont devenus plus tard des sujets de vénération.

Mais d'où vient que Courtois, qui n'a pas respecté la vie du Roi,
met quelque prix à une lettre que la Reine a écrite avant d'expirer?
C'est une question qu'il est fort difficile de résoudre, surtout si l'on
considère que l'intérêt de la simple curiosité n'était pas un motif
qui parût assez puissant pour déterminer un homme investi d'un
pouvoir de confiance à en abuser au point de détourner à son profit
particulier des pièces dont la possession était si dangereuse. Voyons
si la conduite ultérieure de Courtois nous fournira quelques lumières
sur cette singularité.

L'importance que lui donna la mission dont nous venons de parler
le conduisit au comité de Sûreté générale, et ensuite au Conseil
des anciens. Mais dans ces deux positions, il resta constamment
opposé aux démagogues. Enfin, au 18 brumaire, il prit parti pour
Bonaparte, en dénonçant Aréna et les Jacobins; il parvint au Tri-
bunat, en sortit bientôt sur une accusation de concussion, et resta
riche particulier. C'est dans cet état que le trouva la restauration
en 1814.

De cette esquisse de son histoire, il semblerait résulter qu'après
la mort du Roi, il a passé à travers tous les orages de la révolution
sans en partager les fureurs. Mais faut-il en conclure qu'un véri-
table retour sur lui-même l'ait porté à conserver par vénération le
testament de la Reine? On serait tenté de le croire, lorsqu'on rap-

proche de ces circonstances cette singularité que Courtois, acqué-
reur de la terre de Montboissier, qui avait été le patrimoine de la
fille de M. de Malesherbes, y avait érigé lui-même un monument à
la mémoire de ce vertueux magistrat : voici comment , sur ce
monument, le juge coupable rend hommage au courage du défen-
seur de la vertu et de l'innocence.

A LA MÉMOIRE DE LAMOIGNON DE MALESHERBES.

Le crime heureux dans son martyrologe ,
Nouveau Socrate a donc inscrit ton nom ?
Sans le vouloir il traçait ton éloge.
Pour la vertu quel plus beau Panthéon ?
Que ce nom cité d'âge en âge ,
Atteste à la postérité ,
Qu'au milieu de ces temps d'orage
En France il existait un sage ,
Qui pensait avec dignité ,
Et le pouvait par son courage.

Cependant sa conduite depuis la restauration semble démentir
toutes les impressions favorables que pouvaient produire les faits
précédens. En effet, le voit-on, pour prouver son repentir, et pour
trouver grace au moins aux yeux des hommes, s'empresser de déposer aux pieds de l'auguste fille de celui qu'il a osé condamner, des
reliques qu'elle aurait reçues avec tant de reconnaissance ? Non, au
contraire ; et s'il ne paraît pas penser à rétablir de nouveau cette
démocratie à laquelle nous devons tant de maux, la présence de ses
souverains légitimes le gêne singulièrement ; il prédit sans cesse le
retour de l'usurpateur ; il le prédit, parce qu'il le désire, et parce
qu'une conscience comme la sienne y doit trouver son compte ; il
le prédit encore, parce qu'il n'a pas oublié cette tactique révolu-
tionnaire, qui consiste à préparer les événemens en les annonçant.

Enfin , ses désirs s'accomplissent par une nouvelle usurpation ; le
voilà au comble de ses vœux ; il ne craint plus la justice du souve-

rain légitime ! Mais cette sécurité ne dure qu'un moment : son Roi est de retour ; ses craintes renaissent, et cette fois elles sont bien mieux fondées, parce que tout le monde a vu éclater les transports de sa joie, et qu'il n'ignore pas que l'autorité éclaire sa conduite.

C'est dans cette disposition que le trouve la discussion sur la loi d'amnistie. Bientôt ses inquiétudes augmentent par les améndemens qui sont proposés à cette loi ; et dès le commencement de janvier il se prépare à quitter son domicile de Rambluzin ; il fait même emballer ses effets les plus précieux.

Toutefois comme on n'ignorait pas qu'avant d'avoir passé aux fonctions législatives dont nous avons parlé , Courtois avait été employé au garde-meuble de la couronne, on soupçonnait qu'il pouvait avoir conservé quelques objets précieux, et bien qu'on ne pense point à le trouver possesseur d'un testament de la Reine , on était fondé cependant à espérer de rencontrer parmi ses papiers des pièces de la plus haute importance.

Dans cette persuasion , M. le Préfet de la Meuse ordonna , provisoirement, une perquisition au domicile du sieur Courtois, et la mise sous le scellé d'une caisse contenant ses papiers. Il existe un procès-verbal de cette perquisition, à la date du 9 janvier 1816, et signé par le sieur Robert, commandant la gendarmerie de la Meuse, Bremont lieutenant, le baron Benoit, aide-de-camp du général d'Ivorg, et Goujon adjoint du maire de la commune de Rambluzin, requis dans cette circonstance : ils étaient accompagnés de vingt-cinq gendarmes.

Ce procès-verbal porte en substance, qu'après avoir demandé le sieur Courtois, il a été déclaré absent depuis la veille au matin ; qu'en effet une visite dans la maison ne l'a pas fait trouver ni aucun autre individu ; que cependant les lits de la chambre du sieur Courtois étaient chauds, ainsi que les cendres de son foyer ; qu'en conséquence le prétendu voyage de la ville n'était qu'une fable ; qu'au contraire le bruit public paraissait bien fondé qu'un capitaine en retraite à Issoncourt serait venu la veille au soir prévenir le sieur Courtois de l'arrivée prochaine d'un détachement de gendarmerie à Rambluzin, et que le matin même il se serait mis en fuite avec cet individu.

On ajoute que dans la recherche qui a suivi cette enquête, on s'est arrêté particulièrement à une caisse remplie de papiers, qui pouvaient fournir des renseignemens sur la conduite du sieur Courtois et sur ses opinions actuelles.

Enfin on termine le procès-verbal en motivant la visite dans la maison du sieur Courtois, sur divers rapports qui faisaient croire qu'il possédait plusieurs effets précieux appartenant à la couronne, aux princes de la maison des Bourbons, et dont aucune loi ne pouvait lui donner la propriété.

Après cette mesure, M. le Préfet cru devoir demander les ordres de M. le comte de Cazes, ministre de la Police générale, qui, d'après les lumières qu'il avait recueillies lui-même, pressentit la découverte précieuse à laquelle une perquisition plus détaillée donnerait sans doute lieu, et transmit, le 3 février, à M. le Préfet de la Meuse, l'ordre de faire les vérifications convenables. Ce magistrat prit, le 6, un arrêté par lequel il ordonna une nouvelle visite dans la maison du sieur Courtois et l'inventaire de ses papiers : il y est prescrit à celui-ci de laisser faire cette visite, et de fournir des titres de propriété des objets provenant de la couronne, qui pourraient être trouvés chez lui ; mais il est recommandé, par le dernier article, de veiller à ce que le sieur Courtois ne soit nullement inquiété en tout ce qui est étranger au but de l'opération.

Il paraît que depuis la première visite faite dans la maison de Courtois, il s'était rassuré sur le danger qui le menaçait, puisque le 9 février on le trouva chez lui lors de la nouvelle visite qui y fut faite en vertu de l'arrêté que nous venons de citer. Cette visite mérite d'être remarquée, parce que nous lui devons la découverte du Testament de la Reine. Le procès-verbal qui le constate est signé par M. Robert, Benoit, Bremont et Goujon, déjà présens à la première visite, ainsi que par le sieur Henet, suppléant du juge de paix, et par Courtois lui-même.

Les principaux faits relatés dans ce procès-verbal sont que le sieur Courtois, étant au lit, malade, il n'a pu assister à la perquisition que l'on a faite chez lui ; mais qu'il a chargé son fils de le représenter, et que les scellés ayant été levés sur la caisse dont on a déjà parlé, on y avait trouvé six cartons contenant des papiers relatifs à la révolution, mais aucun qui ait rapport à Courtois ou à sa famille.

« Interpellation faite au sieur Courtois père, disent les rédacteurs « du procès-verbal, de nous déclarer s'il n'était pas possesseur d'ef- « fets, livres, meubles, etc., provenant de la couronne ou du « mobilier des princes de la famille royale ; il a répondu négative- « ment, à l'exception cependant de certains objets pour lesquels il « a été à l'instant dressé un procès-verbal particulier. »

Il paraît qu'en ce moment un sentiment de terreur, peut-être de remords, s'était emparé de Courtois. L'instance de ces gendarmes, envoyés cette seconde fois sur un ordre spécial du ministre de la Police, l'activité recommandée dans les recherches dont MM. Robert et Benoit s'acquittèrent dignement, lui arrachèrent enfin la déclaration suivante :

« Messieurs, j'ai en ma possession des pièces du plus haut intérêt « pour l'auguste maison des Bourbons : j'en ai déjà fait l'offre à sa « Majesté par l'organe de M. Becquey, conseiller-d'état, le 25 jan- « vier dernier ; mais n'ayant point eu de réponse, je suis prêt à « vous remettre ces pièces que je vous prie de faire parvenir à Sa « Majesté par l'organe de M. le Préfet ; savoir :

« 1.º Une lettre en original que la feue Reine de France Marie- « Antoinette écrivit le matin 16 octobre à quatre heures et demie « du jour de son horrible exécution, commençant par ces mots : « c'est à vous, ma sœur, que j'écris ; et finissant par ceux-ci : et « que je traiterai comme un prêtre absolument étranger.

« 2.º Une lettre de la même Reine, commençant par ces mots : « Je peux vous écrire, ma chère enfant.

« 3º Une lettre au président de la Convention, avec le signale- « ment de la Reine, commençant par ces mots : Citoyens Tronçon

« et Chauveau , etc.; et finissant par ceux-ci : j'espère que la Con-
« vention me l'enverra.

« 4.º Lettre d'un nommé Marc-Antoine Martin , qui commence
« par ces mots : Républicains, Thionville , etc. ; et finissant par
« ceux-ci : j'espère que la Convention me l'enverra.

« 5º. Un gant ayant appartenu à monséigneur le Dauphin.

« 6.º Un petit paquet de cheveux de feu Sa Majesté Marie-
« Antoinette , Reine de France.

« 7.º Une lettre de menaces faites à Fouquier - Tinville , par
« un anonyme.

« 8.º Une lettre soi-disant écrite par Danton.

« 9.º L'interrogatoire qu'a subi Sa Majesté la feue Reine de
« France, à son retour de Varennes.

« 10.º Un paquet de fil de tresse, cordonnets en fil, ouvrage de
« la feue Reine , et à l'aide duquel elle cherchait sans doute à
« tromper les ennuis de sa dure captivité.

« 11.º Un ruban rose servant à lier ledit paquet, et ayant appar-
« tenu à Sa Majesté la feue Reine.

« Tous ces objets réunis, nous les avons renfermés dans une
« feuille de papier, ficelé ensuite, et avons ajouté une deuxième en-
« veloppe sur laquelle se trouve écrit : *Papiers et autres objets*
« *remis volontairement par M. Edme Bonaventure Courtois , pro-*
« *priétaire à Rambluzin , tous de la plus haute importance pour*
« *l'auguste maison des Bourbons*, le tout pour être remis à Sa Ma-
« jesté Louis XVIII ; sur laquelle enveloppe nous avons tous signé,
« apposé les cachets du juge de paix du canton de Souilly, celui
« de M. Courtois, celui de M. le commandant de la Gendarmerie
« royale du département de la Meuse , et du baron de Benoit ».

C'est ici que les réflexions naissent en foule, lorsqu'on cherche
à se rendre compte des motifs qui ont amené Courtois à faire la
démarche d'offrir volontairement une pièce aussi importante qu'un
testament de la Reine de France, dont on ignorait absolument
l'existence ; mais il sera facile de fixer nos idées si nous nous reportons à l'époque du 9 février, jour de la remise de la pièce qui nous

occupe. Alors, la loi d'amnistie était bien connue ; Courtois avait le plus grand désir d'en éluder l'effet, et aurait fait beaucoup de sacrifices pour rester en France. C'était donc là le seul but de ses démarches. Il en avait fait, dit-il, des ouvertures à M. Becquey, alors conseiller-d'état, et n'ayant pu réussir par cette voie, il se décida à remettre les objets dont l'énumération se trouve dans le procèsverbal que nous venons de citer. L'importance de ces objets lui fit concevoir l'espérance qu'il serait accordé, pour celui qui les avait conservés, une exception qu'il désirait avec tant d'ardeur ; c'est pour obtenir plus sûrement cette faveur, qu'il adressa en même temps à M. de Maussion, préfet de la Meuse, une lettre dont nous allons citer les principaux passages.

Rambluzin, le 12 février 1816.

MONSIEUR LE PRÉFET,

« Je ne puis que m'applaudir de ce que les lettres de l'auguste
« Marie-Antoinette ont été déposées dans des mains aussi pures
« que les vôtres, pour être ensuite mises aux genoux de Sa Majesté.
« Si je ne vous en ai pas fait, M. le Préfet, la première confidence,
« c'est que mon épouse avait exigé de moi, que je les fisse passer
« à M. le conseiller-d'état Becquey, qu'elle connaissait. Le jour
« même de sa mort, je donnai avis à ce monsieur, du dépôt dont
« j'étais possesseur. Cette démarche de ma part prouve, au moins,
« que librement, et de mon propre mouvement, j'ai fait l'offre
« au Gouvernement de lui remettre ces pièces importantes. Peut-
« être désirez-vous savoir comment ces objets précieux sont tombés
« dans mes mains ? Je vais avoir l'honneur de vous en instruire.

« Après la mort de Robespierre, il y eut successivement deux
« commissions de nommées pour l'examen de ses papiers et ceux
« de ses complices ; la première n'ayant pas, par esprit de parti,
« répondu à la confiance de l'assemblée, il en fut nommé une se-
« conde, dont je profitai. En qualité de rapporteur de ce travail

« qui m'occupa cinq mois entiers, M. le Préfet, j'eus à ma dispo-
« sition ces restes précieux, qui avaient été tirés du tribunal révo-
« lutionnaire, comme il appert par les signatures de Fouquier-
« Tinville, accusateur public de cet infâme tribunal, et les
« quatre signatures des représentans Legot, Massieu, Guffroy, et
« L. Lecointre de Versailles. Le temps n'était pas assez favorable pour
« en faire usage, et telle était alors l'espèce de vertige qui exaltait
« *certaines têtes*, ces monumens historiques que la postérité mettra
« au premier rang, devaient être détruits. Pour les soustraire à la
« brûlure qui les menaçait, je m'en emparai secrètement et les tins
« cachés avec le plus grand soin. Madame la duchesse de Choiseuil
« qui m'honorait de son estime, et *à qui j'ai sauvé plus d'une fois*
« *la vie*, fut la seule qui eût connaissance du petit *paquet de cheveux*
« dont ma femme détacha une très-faible portion pour lui en
« faire hommage; elle conserva toute sa vie ce trésor inestimable,
« (comme elle l'appelait) et voulut qu'on y joignit un bout de
« tresse de la main de la feue Reine. Nous nous gardâmes bien de
« lui parler de cette lettre si touchante, vrai chef-d'œuvre de sen-
« sibilité, écrite à quatre heures et demie du matin, le jour même
« que cette femme si courageuse porta sa tête sur un échafaud ! au-
« trement il eut été impossible de lui en refuser une copie.

« Qui que ce soit, M. le Préfet, à l'exception des membres de
« la commission, personne n'en a eu connaissance, et n'a su qu'il
« existât de la feue Reine des reliques d'un tel mérite; aussi elles
« arriveront pour ainsi dire vierges, entre les mains de l'auguste
« Souverain qui nous gouverne. Le célèbre auteur d'Anacharsis
« que j'avais arraché à une mort certaine, sut aussi par madame
« de Choiseuil, son intime amie, que j'en étais possesseur, et toutes
« les fois que j'avais l'honneur de le voir, il m'invitait à conserver
« ce trésor avec soin. J'ai chez moi le buste en plâtre de ce grand
« homme, dont m'a fait présent madame de Choiseuil, et dont il
« *n'y a eu que six de coulés et réparés de la main du sculpteur*
« *Pajou*. On peut voir à la fin de la deuxième édition des lettres
« sur l'Italie, ouvrage posthume de ce philosophe, l'article qui

« me concerne, et qui prouve .... ce que tout
« le monde eût fait à ma place ; mais enfin, M. le Préfet, c'est
« une bonne action de plus dans ma vie, et destinée à réparer
« quelques erreurs trop graves, pour que je les oublie moi-même.
« Si elles pouvaient être expiées par un sincère repentir, il y a long-
« temps que je serais acquitté, non pas à mes propres yeux, mais
« peut-être à ceux d'autrui.

« M. le commissaire du Roi, Baron de Benoît, a fait enlever de
« chez moi des papiers concernant Robespierre et autres conspi-
« rateurs, ainsi que beaucoup de lettres particulières qui m'étaient
« adressées à ce sujet, le tout destiné à me fournir quelques maté-
« riaux pour terminer la seconde partie d'un rapport, dont la pre-
« mière partie seulement a été imprimée par ordre de la conven-
« tion. Cet ouvrage, M. le Préfet, n'a rien de commun avec mon
« grand rapport du 16 nivôse an 3 ; comme son titre le porte, ce
« n'est que l'historique de la journée du 9 thermidor, avec un
« tableau fidèle de l'esprit public qui dominait à cette époque dans
« chaque section. Cette seconde partie devait d'abord contenir une
« vie de Robespierre, dont les différentes anecdotes avaient été
« puisées dans de bonnes sources. Ce morceau que la vérité n'eût
« pas désavoué, n'aurait en rien ressemblé à une mauvaise compi-
« lation intitulée Conjuration de Robespierre, par le sieur de
« Montjoie, où l'esprit de parti perce à chaque page ; le temps fera
« justice de tous ces écrits dont le mensonge qui les dépare sont la
« partie la moins vicieuse.

« L'ordre donné à M. le commissaire du Roi portait encore,
« M. le Préfet, de s'assurer si, parmi mes livres, et dans ma maison,
« il n'y avait pas quelques objets qui eussent fait partie du mobilier
« de la couronne. Je répondrai à cette demande, que le pouvoir
« exécutif ayant été chargé seul de surveiller ses richesses, il serait
« étonnant qu'un membre de la convention qui n'avait aucun droit
« de s'en mêler, l'eût fait sans mission directe : l'examen sévère que
« ces messieurs ont fait de ma bibliothèque et dans toute ma mai-
« son, a dû les convaincre qu'un tel ordre n'avait pu être donné

« que par suite de quelque dénonciation obscure, dans laquelle rien
« n'était précisé, et qu'une pareille imputation ne pouvait m'at-
« teindre; les rayons de ma bibliothèque étaient dans leur entier,
« et rien ne prouvait qu'il en eût été distrait ni déplacé le moindre
« ouvrage. Ma collection ne contient en grande partie que des ou-
« vrages classiques, grecs et latins, imprimés la plupart en Alle-
« magne, en Hollande, en Angleterre; en un mot, ce que les
« littérateurs distingués appellent entr'eux des petits livres, voilà ce
« qui compose mon trésor, qui me coûte des recherches infinies . .

. . . .

. . . .

« Je termine, M. le Préfet, cette importune causerie, en vous
« suppliant de me continuer l'honneur de votre protection. Ma
« santé ne s'améliore pas, et si je ne trouve pas à l'ombre de vos
« ailes, l'appui dont j'ai besoin, je ne sais trop ce que je deviendrai.
« Je regarde cependant que mon sort ne peut être douteux, puisque
« vous avez bien voulu me permettre d'espérer.

« Agréez, je vous prie, M. le Préfet, avec mon profond respect,
« l'assurance de ma considération la plus distinguée.

Signé COURTOIS.

La fin de cette lettre n'est point équivoque, et l'on y voit claire-
ment que Courtois espère acheter la liberté de séjourner en France,
par un sacrifice qu'il n'était plus maître de ne pas faire, quoiqu'il
affecte de l'offrir *volontairement*, et de *son propre mouvement*.

Ainsi, en résumant tout ce qui précède, on peut faire sur la
conduite politique de Courtois, les remarques suivantes : il a voté
la mort du Roi, mais on ne le retrouve plus avec les régicides qui
se sont souillés de tant de crimes en 1793; au contraire, il paraît
opposé aux excès de cette trop fameuse année; et si, en écrivant
l'histoire de notre malheureuse révolution, on pense à en classer
les acteurs, d'après les rôles qu'ils y ont joué, Courtois sera sans
doute mis au nombre des révolutionnaires *modérés*. Une autre re-
marque, c'est que ce républicain rigide, qui, à ce qu'on pourrait
croire, n'avait voté la mort de son Roi que pour l'établissement d'une

démocratie, a changé tout-à-coup de système, lorsqu'un consul est venu jeter les fondemens de ce despotisme qui devait être aussi funeste à la France que l'avait été l'anarchie qu'il remplaçait.

Mais si nous l'avons vu manifester autant de joie à la seconde usurpation de Bonaparte, qu'il avait montré d'ardeur à servir la première, faut-il en conclure qu'il était sincèrement attaché à son parti! Non sans doute, il suffit, pour expliquer cette conduite, de ne point oublier que son intérêt l'attachait au prince de la révolution.

Il suit de-là que Courtois n'a jamais pu être, et n'a jamais été que l'ennemi de la légitimité. Il n'est pas possible de supposer, d'après cela, que ce soit un autre motif, que la satisfaction de posséder un objet inconnu et unique qui l'ait conduit à s'emparer du testament de la Reine; et si plus tard nous le voyons garder encore, et avec tant de soin, cet objet précieux, c'est à un calcul de prévoyance qu'il faut l'attribuer. Alors que vraiment il pouvait en faire l'offre volontaire, il le gardait toujours, parce qu'il craignait une punition dont sa conscience le menaçait sans cesse : il attendait pour s'en servir que le danger approchât; il croyait avoir un moyen de s'en préserver, et, s'il le fallait même, de se racheter par lui; enfin l'insensé pensait que l'œuvre de la vertu pouvait être un talisman dans des mains comme les siennes.

Aussitôt que M. le Préfet de la Meuse connut l'importance des objets qui lui avaient été remis, il chargea M. le chef d'escadron de gendarmerie Robert, de les apporter à Paris, et de les remettre à S. Ex. le Ministre de la Police générale. Bientôt après la publication, en eu lieu aux chambres.

Voilà comment le testament de la Reine de France, conservé mystérieusement par Courtois pendant plus de vingt-cinq ans, a enfin été soupçonné et ensuite découvert chez lui. Tout ce qui est relatif à la publication de ce testament se trouve dans la Notice jointe au *fac simile* que nous avons publié en 1816 (*) ; en sorte que

____

(*) A Paris chez Audot, Plancher et Gueffier, libraires, et chez Picquet, graveur du Roi, rue de Condé, N.º 20.

cette notice forme, avec le supplément que nous publions aujour-
d'hui, une histoire complète de cette pièce touchante.

N. B. On trouve à la page 8 de la Notice sur le testament
de la Reine, une note relative aux signatures qui sont placées en
regard de cette page. Cette note contient une erreur qu'il importe
de relever.

Voici comment les faits doivent être rétablis.

La signature de Fouquier, mise par lui sur la lettre de la Reine
avant de l'envoyer à Robespierre, s'y trouva seule jusqu'à la mort
de ce dernier. Quant aux quatre autres que l'on y voit jointes, ce
sont celles des membres de la première commission nommée par
la Convention pour visiter les papiers de Robespierre. Elles ne furent
mises qu'au moment de l'examen de ces papiers, et ce n'est que
lors des recherches de la seconde commission, à la tête de laquelle
se trouvait Courtois, que celui-ci s'empara de la lettre. Ces signatures ne sont donc pas celles des membres du *tribunal révolution-*
naire, comme on l'a pensé jusqu'ici, mais de quatre membres de
la Convention qui formaient la première commission.

Tout ce qui peut servir à confirmer l'authenticité du testament
de la Reine, se rattache naturellement au sujet que nous traitons,
et le fait suivant ne sera point déplacé ici.

La Reine termine sa lettre en annonçant qu'elle refusera d'écouter
le prêtre assermenté que l'on pourrait lui proposer. En effet, on
lui en avait envoyé un nommé Lothzinger, et non Girard comme
l'affirme Montjoie. Il était de la haute Alsace. M. Duvernois, juge
de paix du canton d'Audincourt, dans l'arrondissement de Mont-
belliard (Doubs), l'a vu très-souvent dans l'été de 1795, aux forges d'Oberbruck près Mezevaux; il fréquentait la maison de

M. François Bornique, actuellement maître de forges à Bischevil-
lers. Cet homme, qui doit avoir à présent soixante ans, racontait
que la Reine n'avait voulu ni l'écouter ni lui répondre, et qu'il
l'avait accompagnée sur la fatale charette. Il paraissait pénétré de
l'héroïsme de cette auguste victime, et quoique constitutionnel, il
était l'objet d'une persécution fort active.

Voici une autre anecdote qui pour n'être pas aussi directement
liée à l'histoire du testament de la Reine, n'en présente pas moins
un grand intérêt, comme tout ce qui est relatif à la captivité de
cette princesse.

En 1793, trois ou quatre jours après la mort de la Reine, le trop
célèbre Chaumette, procureur de la commune de Paris, apporta
chez madame Cornu, marchande tabletière rue Saint-Barthelemi,
une assiette d'étain sur laquelle la Reine avait mangé pendant tout
le temps de sa détention à la Conciergerie, et sur laquelle elle avait
écrit circulairement, en partant du centre jusqu'à la circonférence,
dans l'intérieur en langue italienne et à l'extérieur en allemand.

Le motif qui avait fait apporter cette assiette par Chaumette
chez madame Cornu, était le désir de faire faire une espèce de tré-
pied en bois pour y déposer ce monument qu'il aurait ensuite mis
sous verre.

L'assiette ne demeura qu'une heure chez madame Cornu, et au
bout de ce temps Chaumette vint la reprendre en disant qu'il avait
changé de résolution.

Ces détails avaient été donnés originairement par M. Delzeuzes,
qui demeurait chez madame Cornu, lorsque l'assiette y fut apportée
et qui l'avait vue, ainsi que l'écriture gravée dessus; mais malheu-
reusement sa mémoire ne put rien lui rappeler des choses que la
Reine y avait tracées.

On croyait obtenir des éclaircissemens auprès de la dame Cornu,
dont le domicile était indiqué rue du faubourg Saint-Jacques, vis-
à-vis le couvent des Filles-Sainte-Marie : on espérait encore décou-

vrir quelques renseignemens en s'informant de ce qu'était devenus le mobilier de Chaumette après sa mort ; S. Ex. le Ministre de la Police générale donna des ordres en conséquence , mais toutes les recherches furent inutiles, quoiqu'on n'eût rien négligé pour obtenir de plus heureux résultats.

PRÉCIS HISTORIQUE

SUR

LA PRISON DE LA REINE A LA CONCIERGERIE,

ET

Sur la Chapelle et le Monument expiatoire qui y ont été élevés.

En comparant les circonstances qui ont accompagné les derniers momens du Roi et de la Reine, nous avons eu occasion de remarquer, dans la Notice historique, que Louis XVI en mourant, avait encore été l'objet de quelques égards, tandis que lors de la mort de la Reine tout sentiment humain était détruit, et la démoralisation était telle, que le seul principe reçu au milieu du désordre et du renversement de toutes les idées ; la seule règle que le pouvoir arbitraire ait consenti à établir , c'est que tout ce qui avait été grand , puissant et heureux devait être abaissé, soumis et tourmenté ; c'est que la vertu et l'innocence devaient être avilies et persécutées ; c'est enfin, que le seul titre à l'autorité se trouvait dans la bassesse, l'ignorance et la perversité. Qu'on ne s'étonne donc point, d'après *cet ordre de chose*, de voir une archiduchesse dans un ignoble cachot, une Reine calomniée, injuriée par les dernières classes du peuple , et la plus vertueuse des femmes jugée par des scélérats. Mais s'il est affligeant de penser que c'est dans notre patrie, en France, et presque de nos jours, que de semblables horreurs ont été vues ; et que ce sont nos souverains qui en ont le plus souffert, nous avons la satisfaction, après un quart de siècle, de pouvoir assurer qu'actuellement il n'est plus de Français qui n'ait en exécration ces temps de calamité, et qui ne soit prêt à en expier jusqu'au souvenir. Aussi lorsque la découverte du testament de la Reine vint, en nous retraçant toutes ses souffrances, réveiller notre vénération pour ses vertus, toutes les idées se sont aussitôt reportées sur cette prison où elle avait tant souffert avant son dernier martyre ; chacun voulait se la représenter y écrivant une lettre à sa sœur ; l'on cherchait la place où elle l'avait écrite ; on se demandait où était placé son lit d'infortune ; et aussitôt qu'il fut possible de le déterminer, les regards s'y portant avec attendrissement, on fut fâché de n'y pas trouver des traces qui rappellassent ses souffrances et nos regrets. C'est pourquoi, lorsque M. le minitre de Cazes eut l'idée, et donna l'ordre d'élever une chapelle et un monument expiatoire dans cette chambre de la Reine, il fut applaudi généralement, et l'on attendit avec impatience l'époque où ils seraient consacrés par une cérémonie religieuse qui nous semblait nécessaire pour apaiser l'ombre chère et sacrée de l'illustre victime qui écrivait en mourant : *Je n'ai aucune consolation spirituelle à attendre ; mais je suis calme comme on l'est quand la conscience ne reproche rien.*

C'est vers le mois de mai que S. Ex. adressa à M. le Préfet une lettre, par laquelle elle lui faisait connaître l'intention de faire élever un monument dans la prison que la Reine avait habitée à la Conciergerie. Les mesures furent bientôt prises à ce sujet ; et l'on décida que la consécration en aurait lieu le jour anniversaire de la mort de la Reine.

Mais avant de parler de cette cérémonie, reportons nous au temps où la Reine habitait les lieux qui viennent d'être consacrés.

D'abord, que l'on se représente la position de la chambre. Lorsque l'on a passé le premier guichet de la Conciergerie, l'on en trouve un second à droite, et ensuite un long corridor que termine une grille servant de parloir aux prisonniers. Or, l'on trouve avant cette grille, et à gauche, une chambre qui, répondant à la cour des femmes du côté opposé au corridor, était séparée de la chapelle par une pièce plus petite, et n'avait au-dessus d'elle que l'infirmerie des hommes. Cette chambre ainsi isolée du quartier des hommes et de celui des femmes, présentait d'ailleurs la plus grande sûreté contre les entreprises du dehors, et c'est ce qui la fit choisir pour y loger la Reine (1).

On avait préparé cette chambre dès la veille. Un papier bleu à fleur de lys qui la décorait en avait été enlevé, ainsi qu'une table et des bancs; un lit de sangle, deux bons matelas, deux couvertures, un oreiller, un traversin, et un paravent y furent apportés. Tous ces objets avaient été préparés par les soins du concierge Richard, que Michonis, administrateur des prisons, était venu avertir de l'arrivée prochaine de la princesse.

Richard était chargé de nourrir la Reine, et sa cuisinière la servait. C'était une jeune fille de vingt ans, nommée Rosalie, d'une figure assez agréable, bonne, douce, prévenante, et qui lui rendit beaucoup de services.

A l'arrivée de la Reine on lui avait donné pour la servir dans sa chambre, une femme de cinquante à soixante ans, nommée Rivierre qui, sans que l'on sache pourquoi, fut bientôt remplacée par une plus jeune. Mais Rosalie n'a jamais cessé de préparer les alimens de la Reine, et même son service n'a pas été interrompu pendant

---

(1) Quatre murailles froides et humides entouraient cette prison, et sa position au-dessous du sol en faisait un séjour malsain. L'illustre victime dut-elle à cette considération l'ordre donné de lui en choisir une autre ? C'est ce que nous ne saurions décider, mais toujours est-il vrai qu'on eut le projet de la loger dans une chambre située au premier étage, et que l'on prépara même en y faisant boucher avec la plus grande solidité une fenêtre peu sûre. On ne fit cependant pas usage de cette pièce, parce que les logemens qui se trouvaient au-dessus n'appartenant pas au local de la Conciergerie, on craignit que le plancher supérieur n'en fût ouvert pour faire évader la prisonnière.

la détention de Richard, qui, lors de l'affaire de l'œillet, fut mis en prison, ainsi que sa femme et son fils.

Le concierge Baud, ayant succédé à Richard, il amena avec lui sa fille. Elle entrait souvent chez la Reine, qui la prit en amitié à cause de ses prévenances et de ses bons soins.

Pendant tout le temps que Richard est resté à la Conciergerie, la Reine avait toujours dans sa triste prison deux gendarmes, qui ne changeaient point et la femme qui la servait. Cette femme ne sortait que pour aller au greffe demander les objets dont la Reine avait besoin : les deux gendarmes apportaient leur nourriture, et ne sortaient que l'un après l'autre ; mais cet ordre ne continua que peu de jours après le départ de Richard, et ensuite, pendant tout le reste du temps, la Reine fut absolument seule ; des gendarmes furent placés à la porte de la chambre dans le corridor, et à la fenêtre dans la cour.

Il se passait peu de jours sans que la Reine fût visitée par un ou deux agens de police : ceux qui venaient le plus souvent se nommaient l'un Michonis et l'autre Monneux.

On pourra prendre une idée exacte de la disposition de la chambre par la figure que nous en donnons ; nous remarquerons seulement ici que cette chambre était partagée en deux par une espèce de cloison interrompue au milieu. On pense assez généralement que dans cette ouverture de la cloison se trouvait le paravent dont nous avons parlé, mais nous croyons être autorisés à assurer, au contraire, que ce paravent servait à entourer le lit de la Reine. C'était dans la partie du fond et la plus rapprochée de la chapelle qu'elle habitait.

Voyons quels changemens ont été opérés pour établir les dispositions qui existent aujourd'hui.

On a d'abord rempli l'ouverture de la cloison intermédiaire, et la partie dans laquelle habitait la Reine est entièrement séparée de celle des gendarmes. On a percé dans la première une ouverture, par laquelle elle communique avec la chapelle, au moyen d'un passage pratiqué au travers de la chambre que nous avons dit être

A. *Prison de la Reine*.
1. *Lit*.
2. *Table*.
3. *Paravent*.
4. *Partie de la pièce où se tenaient
les Gendarmes*.

B. *Partie conservée de la prison de la Reine*.
C. *Chapelle*.
D. *Pièce de communication où sont construits
deux cénotaphes à la mémoire de Louis XVI
et de Madame Élisabeth*.
5. *Cénotaphe à la mémoire de la Reine*.
6. *Autel*.

placée entre celle de la Reine et cette chapelle. C'est en face du passage que se trouve élevé le monument expiatoire, dans le lieu même où la Reine a écrit sa mémorable lettre à madame Elisabeth, en sorte que ce monument est aperçu par les prisonniers, de tous les points de la chapelle. Il forme un autel expiatoire dans le goût antique, d'un beau dessin et de la plus noble simplicité.

Voici l'inscription qui est gravée dans la partie supérieure :

D. O. M.

Hoc in loco.

MARIA-ANTONIA-JOSEPHA-JOANNA, AUSTRIACA,

LUDOVICI XVI viduâ,

Conjuge trucidato,

Liberis ereptis

In carcerem conjecta,

Per dies LXXVI ærumnis luctu et squalore adfecta;

Sed

Propriâ virtute innixa,

Ut in solio, itâ et in vinculis,

Majorem fortunâ se præbuit.

A scelestissimis denique hominibus

Capite damnata,

Morte jam imminente,

Æternum pietatis, fortitudinis, omniumque virtutum

Monumentum hic scripsit.

Die XVI octobris MDCCXCIII.

Restituto tandem regno,

Carcer in sacrarium conversus

Dicatus est

A. D. MDCCCXVI LUDOVICI XVIII regnantis anno XXII,

Comite de Cazes à securitate publicâ regis ministro.

Præfecto ædilibusque curantibus.

Quisquis hîc ades,

Adora, admirare, precare.

Traduction de l'Inscription.

Ici

MARIE-ANTOINETTE-JOSÉPHINE-JEANNE, princesse d'Autriche,

Veuve de Louis XVI,

(20)

Après avoir vu son époux égorgé,

Ses enfans enlevés,

Jetée dans un cachot,

Accablée pendant soixante et seize jours de douleur, de deuil et de misère;

Mais

Forte de sa vertu,

Se montra, dans les fers comme sur le trône,

Toujours au-dessus de la fortune;

Condamnée au supplice

Par les plus criminels des hommes,

En présence de la mort,

Elle laissa dans ce lieu

Un témoignage éternel de piété, de courage et de toutes les vertus,

Le 16 octobre MDCCXCIII.

Le trône étant enfin rétabli,

Cette prison, changée en sanctuaire,

Fut consacrée

L'an de Notre-Seigneur MDCCCXVI,

La vingt-deuxième année du règne de Louis XVIII,

Par les soins du préfet et des magistrats municipaux,

Le comte de Cazes étant ministre de la police générale.

Qui que vous soyez,

Adorez, admirez, et priez.

Autre inscription placée sur la partie inférieure du monument.

EXTRAIT DE LA LETTRE DE LA REINE
A MADAME ELISABETH.

QUE MON FILS N'OUBLIE JAMAIS LES DERNIERS MOTS DE SON PÈRE,

QUE JE LUI RÉPÈTE EXPRESSÉMENT :

QU'IL NE CHERCHE JAMAIS A VENGER NOTRE MORT,

JE PARDONNE A TOUS MES ENNEMIS

LE MAL QU'ILS M'ONT FAIT.

COMMUNIQUÉ PAR LE ROI AUX DEUX CHAMBRES, LE XXI FÉVRIER
M. DCCC. XVI.

Au fond de la chambre, du côté du corridor et à la place que le
lit de la Reine a occupé, on a élevé un autel. Au-dessus de cet autel
se trouve un tableau représentant cette princesse debout près de
son lit, en habits de deuil et dans l'attitude d'une douloureuse médi-
tation. De chaque côté de l'autel sont deux cadres qui attendent des
tableaux, dont l'un doit représenter la Reine au moment où elle est
arrachée des bras de sa fille ; l'autre l'offrira au moment où elle écrit
à l'auguste princesse qui devait la suivre de si près au tombeau.

Enfin dans le passage de communication de la chapelle à la chambre funèbre on a élevé à droite un tombeau sur lequel on lit :

A LA MÉMOIRE

DE LOUIS XVI,

ROI DE FRANCE.

Et à gauche on trouve un autre tombeau semblable, sur lequel
est écrit :

A la mémoire

DE MADAME ELISABETH ,

Sœur du Roi.

Le 16 octobre 1816, vingt-troisième anniversaire de la mort de
la Reine, jour choisi pour la consécration de ces monumens, dès
le matin les cloches de toutes les paroisses ont appelé les fidèles
aux cérémonies expiatoires qui devaient avoir lieu. Le soir tous les
spectacles ont été fermés.

Une grand'messe de *Requiem* a été célébrée dans la chapelle du
château des Thuileries ; la famille royale y a assisté. MADAME est
restée retirée dans ses appartemens , tout entière livrée à son pieux
et douloureux recueillement.

A l'Eglise métropolitaine, et dans toutes celles de la capitale, des
services ont été célébrés , et tous les temples des divers cultes ont
également été ouverts pour des cérémonies expiatoires.

La lecture du testament de la Reine a partout été entendue dans le silence et la douleur la plus profonde, et avec ce sentiment d'admiration dû à un monument de résignation, de magnanimité et de clémence.

Mais à la Conciergerie une scène plus touchante encore se préparait. La façade extérieure et les corridors qui conduisent à la chapelle étaient revêtus de noir. Des lampes funéraires éclairaient de distance en distance les lugubres détours par lesquels les maîtres de cérémonies conduisaient les personnes admises à la consécration du monument. Ces personnes se sont trouvées réunies vers onze heures dans la chapelle, également drapée et ornée de larges écussons représentant les armes de France et d'Autriche. La nef était garnie de banquettes noires ; il y avait près de l'entrée de la chapelle un espace réservé aux dignitaires, et parmi les autres assistans on remarquait un grand nombre de magistrats, d'officiers-généraux et de fonctionnaires publics. On reconnaissait surtout des familles entières attachées autrefois à la maison de la Reine, et qui s'étaient empressé de venir rendre à sa mémoire le tribut de leur vénération, de leur reconnaissance et de leur profonde douleurs. Plusieurs femmes ont assisté à la cérémonie dans l'état le plus déchirant.

La messe a été célébrée par M. Montès, chapelain-aumônier de la prison. Après l'évangile, il s'est avancé vers la nef, et a donné lecture de la lettre de S. M. la Reine de France à sa sœur, madame Elisabeth ; cette lecture a été plusieurs fois interrompue par des sanglots que modérait à peine le respect.

Aussitôt après la lecture, madame la comtesse Anglès a fait une quête pour les prisonniers, dont le produit a été considérable, et ensuite M. le Chapelain a présenté l'aspersoir à toutes les autorités qui ont jeté de l'eau bénite sur les marches du monument.

Après la messe, tous les assistans ont été admis à visiter la chambre de la Reine ; il serait impossible de donne une idée de l'émotion qu'ils ont éprouvée à l'aspect de ces lieux désormais consacrés par la religion à transmettre le souvenir de la plus auguste infortune. *C'était là......* étaient presque les seuls mots qui se répétaient de bouche en bouche, et que les larmes accompagnaient dans tous les yeux. Nous épargnerons à nos lecteurs la douloureuse impression que nous pourrions faire naître en rapportant les questions qui se succédaient, les détails mutuellement demandés et transmis sur la disposition du lieu où une Reine de France avait langui prisonnière, et où la piété et la fidélité réunies, viendront souvent se livrer à de douloureuses méditations et apporter l'hommage d'un éternel regret.

Les personnes qui n'avaient pu se procurer des billets d'entrée, se pressaient en dehors de la Conciergerie dans l'impatience de connaître quelques détails d'une cérémonie si touchante. Au-dessus du premier guichet se remarquait un sarcophage, surmonté d'une urne portant la couronne de France ; des thuriféraires s'élevaient de chaque côté, et l'ensemble de ses ornemens était aussi beau qu'imposant.

L'affluence du peuple était telle, et son empressement se manifestait avec tant de vivacité, que M. le Préfet cru devoir faire ouvrir les portes au public jusqu'à deux heures.

Aussitôt que la cérémonie de la cathédrale a été achevée, une députation de tous les tribunaux s'est rendue à la Conciergerie. MM. Bellart, Hua, Try, et plusieurs autres membres de la Cour, se remarquaient à la tête.

FIN.

DE L'IMPRIMERIE DE GILLÉ, rue Saint-Jean-de-Beauvais, n°. 18.